— 陈金玲诗歌集 —

青春岁月

陈金玲 著

山西出版传媒集团 北岳文艺出版社
·太原·

图书在版编目（CIP）数据

青春岁月/陈金玲著. -- 太原：北岳文艺出版社，2024.11. -- ISBN 978-7-5378-6964-5

Ⅰ.I227

中国国家版本馆CIP数据核字第202408YP41号

青春岁月
QINGCHUN SUIYUE

陈金玲 ◎著

出品人 郭文礼	出版发行：山西出版传媒集团·北岳文艺出版社 地址：山西省太原市并州南路57号　邮编：030012 电话：0351-5628696（发行部）　0351-5628688（总编室）
项目统筹 刘文飞	传真：0351-5628680 经销商：新华书店 印刷装订：四川科德彩色数码科技有限公司
责任编辑 武慧敏	开本：880 mm×1230 mm　1/32 字数：110千
装帧设计 书香力扬	印张：6.875 版次：2024年11月第1版 印次：2025年1月四川第1次印刷
印装监制 郭　勇	书号：ISBN 978-7-5378-6964-5 定价：48.00元

本书版权为本社独家所有，未经本社同意不得转载、摘编或复制

以诗歌诠释生活的意义
——陈金玲诗集《青春岁月》序

□黄俊怡

在翻阅陈金玲这本诗集之前,知道她曾当过教师,近年来她在诗歌领地耕耘,在《南方日报》《茂名日报》等报纸副刊发表了不少诗歌作品。在诗歌这片土壤中,她把生活串成一首首诗,并悄然结出丰硕的果实。

陈金玲热爱诗歌,且喜欢安静,所以坚持了这份创作,以炙热的诗心、浪漫的诗情,不断创出新作。

这本诗集汇集了约120首诗歌,陈金玲以真诚的写作态度,展示了她的才情,也将其真挚的情感融于诗中。诗歌的存在有其自身价值,陈金玲立足本土诗歌创作,她的诗歌率真、自然,具有原生态的特质,表现出诗歌意境的美好,很值得一读。

陈金玲的诗歌有积极、向上的力量,这反映出她对生活的热爱。读其诗歌,你会感到有一丝暖阳漫溯过心间,就像沐浴在和煦的阳光中,她以"金灿灿的阳光"驱赶周遭的阴暗、恐惧以及忧虑。阴暗的一面在逐步消减,阳光的一面渐渐滋长。如《春光里的笑脸》,让人看到太阳底下的光和热,启人以光明,正是因为她心中充满阳光,所以今天的苦寒,"已化作满心的芬芳"。她的诗歌维持一贯温暖的格调,"阳光""金色""明亮的灯"等意象多次出现,逐光而行,向阳生长,这些温煦的词语,传递出一种积极的力量,以阳光和微笑融入写作,发现生活的美好。

《我喜欢在这路上走》《挡不住的脚步》等诗歌具有自由、洒脱的特质,如《挡不住的脚步》中:"我要像一只小鸟/在风雨中轻快地掠过/我要像一只小鸟/在彩色的大自然里/快乐地唱歌。"明朗、干净,以一种欢快的节奏,表达出追求自由的心绪。

在写作手法上,陈金玲用了很多对比,包含暗与光、动与静、美与丑等,并在此之间做出取舍。比如,作者在洞悉了外在的喧嚣、人群的冷漠后依然面无表情,显然她并不受这些外部环境的影响。《我眼里,我心里》:"我眼里/过滤掉一切杂音、杂物/眼睛里只剩下透亮/照亮我心里/已垒起一座四季花开的小城堡。"这样恬淡的情愫甚为难得,这份洒脱、娴静的心态也体现出其对自然的向往。如作者所说,悲伤在大自然中得到了净化,作者喜欢安静并具有独立的精神,她以"菜园,果园,草地"打造自我的精神领地,自然美好的意象给了她充沛的诗情,她说:"大自然的恩赐是那么美妙/我要用一颗纯净的心去和她和鸣。"这充满诗意、优美、干净的诗行,总会给人带来惊喜。

读陈金玲的诗歌让我想起诗人席慕蓉,让人感觉有一种别样的含蓄与温婉。她吟咏亲情,用诗歌记录青春岁月时走过的山水和乡间崎岖的山路,歌颂母亲似海的深情;年少时母亲的呼唤仍在耳边回响,家里的烟火味仍叫人回味无穷。她怀念友情,尘封的记忆无法掩盖青春岁月如酒般香醇的友谊,这一切在诗中有迹可循。当然,有些篇章写得比较朦胧,在一些情感表达上显得隐晦,把意蕴留给读者去揣摩,这是体现诗歌的意义所在。如《今夜有烟花》,作者写景生情,由烟花的绽放联想到人。烟花为景,意象"远方的你"是人,此时情景交融在一起,即情即景,人如

"烟花一般绚烂",诗里的隐喻与深意给人留下想象的空间。

从《今生来世》《今夜无风》《遇见你》中隐约可以窥见作者丰富的情感,凸显出作者逐光而行、对生活保持微笑的生活态度。张爱玲说,因为懂得,所以慈悲,便有这样一份包容。我相信,只要在生活中保持微笑,终会发现人生会越来越温暖,希望陈金玲能继续以这样一种积极的心态去感染身边更多的人。

在陈金玲的诗集即将出版之际,匆促之余,我写下这些文字,并祝愿她在写作上越写越好,路越走越宽。

2024年6月

(序作者系广东省作家协会会员、广东省文艺评论家协会会员、广东省传记文学学会副秘书长)

目录
CONTENTS

今夜有烟花 / 001

我喜欢在这路上走 / 002

认识你真好 / 004

希望你过得好 / 006

挡不住的脚步 / 008

苦寒也有芬芳 / 010

春光里的笑脸 / 012

春天的泪 / 014

我眼里，我心里 / 016

选择题 / 018

大自然的爱 / 020

听 / 022

爱的容颜 / 024

你的眼神 / 026

不要问我为什么 / 028

那时候，这时候 / 030

春天的爱情 / 032

怀恋生命 / 033

那年那月 / 035

快乐的理由 / 037

你是一个文静的孩子 / 039

等 / 040

海上明月 / 042

月光的等候 / 043

难，难，难 / 044

难忘您 / 045

敲门 / 047

今夜秋风 / 048

今夜有风 / 050

我希望 / 051

我以为 / 053

如果你愿意 / 055

珍惜 / 056

如果没有爱 / 058

两个人的世界 / 059

今生，来世 / 061

你从声音里走来 / 063

今夜无风 / 065

遇见你 / 067

脚印 / 069

离愁 / 071

真空的爱 / 072

好久不见 / 073

我想去见你 / 075

街角走过的背影 / 076

春天，淡淡的忧伤 / 078

同病相怜 / 079

为何 / 081

为什么你不快乐 / 082

我本该喜欢这黄昏 / 084

我想，也只想 / 086

我在原地等你 / 088

下辈子我还记得你 / 090

掩饰不了想你 / 092

遥远的距离 / 094

也许，我不该寄这封信 / 096

院子里的春天 / 098

雨夜诀别 / 100

别离 / 102

雾的思念 / 104

秋的寄语 / 105

遇上不该来的雨 / 106

你是否会停下脚步 / 107

伤春 / 109

逃避的爱 / 111

因为喜欢 / 113

风的方向 / 115

想您的季节 / 116

也许 / 118

花儿的美好 / 120

以前的冬天 / 122

你是谁 / 123

恋爱了，美人鱼 / 126

家的味道 / 128

母亲的微笑 / 130

生命里的油灯 / 132

抹不掉的回忆 / 134

友谊的长河在流淌 / 136

年轻的我们 / 138

我们是同窗 / 139

青春 / 141

南海儿女 / 143

吹泡泡 / 145

不该凋谢的玫瑰 / 147

珍贵的生活照 / 148

我们还年轻 / 149

忆青春岁月 / 150

干杯,青春之歌 / 151

奔向山海情 / 153

我们都在春天里 / 155

大风吹 / 157

等待黎明 / 159

时光 / 161

路,永远在前方 / 163

人生风景 / 165

舞者 / 167

美丽的孤独 / 169

感谢疼痛 / 171

我心在微笑 / 173

红红的苹果　/　175

不要在黑暗里踱步　/　177

心里话　/　179

阳光的笑脸　/　181

缺失的爱　/　183

笑比哭好　/　185

哨子声响起　/　187

夹杂着噪声的春天　/　189

大美电白沙琅　/　191

三月三，你来沙琅了吗　/　195

笑声里的信宜之旅　/　197

春风吹开了荔枝花　/　199

追梦人　/　201

今夜有烟花

烟花在上空
开花了
点点似星光的花瓣
照亮了星空
也映照了远方的你

远方的你
如同烟花般绚烂
在遥远的天际
你奉上全世界最美丽的烟花
打破了夜空的沉闷

开放着的烟花
如清晰的你
在夜里你都能让我看到
你灿烂的笑容

我喜欢在这路上走

我喜欢在这路上走
会遇见太阳
阳光逐渐地增多
气温慢慢地回暖
鸟儿的歌声越来越悦耳
天空和自然都喜爱我们

我喜欢在这路上走
会遇见亲人
在桃花盛开的地方
总有你的笑容
总有你温婉的语言
总有你宠溺的脸庞
我时而笑着,时而跑着
自由得像在飞

我喜欢在这路上走
会遇见友人
你手捧一大束鲜花

里面饱含着友爱、善意、祝福、暖意……
浓浓的春意迎面扑来
我们在春天里开怀大笑

我喜欢在这路上走
遇上阳光
遇上你

认识你真好

认识你真好
你没有深情的呼唤
你的至真至诚
感染了每一位热爱电白的文友
文友们手拉着手,心连着心
围成了一个圆圈

认识你真好
你没有深情的表白
你的用心浇灌
让一批批文学爱好者
在文学路上遍地开花
从此
大家庭中有了一个你,也有了一个我
我们拥有共同的心声
讲好沉香故事
写好乡村振兴的文章
宣传好电白的特色文化

认识你真好
你没有深情的诉说
你的谆谆教导,你的殷殷嘱托,你的新年总结
都在日常里、在创作中、在年会计划里
——谱写成一个个跳跃的音符
让文友们在欢乐中思如涌泉
书写出一篇篇字字珠玑的新篇章

认识你真好
你没有深情的讲述
你的文化自信与日俱增
文友们的目光齐刷刷地望向你
发出最强的声音
百尺竿头不懈怠,龙年笔耕展新篇

希望你过得好

希望你过得好
把今天的斜风细雨
当作一场浪漫的旅行
别忘了
为自己撑一把漂亮的雨伞

希望你过得好
把凡人的一地鸡毛
轻轻地抹掉
还自己一片明净的空间
别忘了
宁静会致远

希望你过得好
勇敢地挑起生活的担子
迈开步子轻松地向前走
别忘了
聆听脚下那一个个动听的节拍

希望你过得一天比一天好
前路风景无限
走吧
别回头

挡不住的脚步

日夜逢阴雨
狼狈得一塌糊涂
我该往哪儿逃
问天问地问人间
没有回响
一直都没有回响

难道我要等天等地的响应吗
难道我要像流浪的孩子
到处放逐自己吗
难道我要靠千篇一律的日子
来支撑我的下半生吗

噢,不
我要像一只小鸟
在风雨中轻快地掠过
我要像一只小鸟
在彩色的大自然里
快乐地唱歌

我也要像一只小鸟
即使离开了家
也要让爱我的母亲
因我而微笑

我要用我的灵魂，我的汗与泪，我的生命
激励着我
向着东方跨步走

苦寒也有芬芳

我是多么希望
苦寒的今天
能写成一行行浪漫的诗句
在人生路上能够翻开欣赏

可惜呀,天意弄人
风似刀,雾似纱,雨似冰
苦寒了人心
蒙住了双眼
遮住了阳光
埋藏了以往的温度

当你手捧一束鲜花
在冬天里向我走来时
当你含着浅浅的微笑
点燃一支红蜡烛时
当你在烛光里
送给我最真诚的祝福时

你可知今天的苦寒
已化作我满心的芬芳

春光里的笑脸

你的笑脸
消失在阴晦里
你的忧郁
沉溺在冰凉里
你的噩梦
惊醒在黑夜的阴冷里
你很不安稳
沉重的步子在放慢,再放慢
你是多么渴望
春光里的太阳啊

也许太阳知道了你的心事
当她冲破万丈云层
走在你面前时
你惊喜地笑了
打开房子的大门
推开屋子的窗户
把金灿灿的太阳迎进来
发霉的地毯镀了金光

寂寞的衣服、鞋子、被子
都闪着耀眼的光芒
你跑到太阳底下
身上充满光和热
在一片大好的春光里
你的笑脸比太阳还温暖，还可爱

你是多么热爱太阳、向往阳光
你用太阳的温度和亮度
制成金色的车轮
运载着你走向光辉的未来

春天的泪

春天的泪
洒在禁锢温暖的寒冬里
融化大地的冰雪
让万物探出头儿
穿上新衣,换上新颜
让我们一起欣赏大好河山,良辰美景
不再受冷

春天的泪
洒在你干枯的心田上
让你的心灵长出春天的花朵
怒放着,芬芳着
春意盎然
不再受伤

春天的泪
洒在门前的草地上
让小草披上绿色的春意
让你看到新年的希望

当你快要到家时
我已站在春天的门口
等你多时

我眼里,我心里

站在闹市里
我眼里
有叫卖的,有还价的,有闲聊的
我心里
却住着一座安静的小城堡
只有长长的老街
在静静地书写着她的故事
只有庭院里五颜六色的小花
在默默地品味着她的人生
只有儿时的伙伴
在窗台上入神地画着
小城堡的风光

站在拥挤的人群里
我眼里
有面无表情的,有冷漠的,有冷笑的……
我心里
却住着一座安静的小城堡
只有空旷的视野

只有清新的风吹着脸庞
只有亲切的乡音飘进心底
只有慢慢地咀嚼着城风的味道

离开喧闹的境地
我眼里
过滤掉一切杂音、杂物
眼睛里只剩下透亮
照亮我心里
已垒起一座四季花开的小城堡

选择题

你看见我时
我已是春风满面
你却不知道
我曾站在十字路口
艰难地做着选择题
每次选择
都有一束光斜射进来
召唤着我冲出重重困境

你用手心捧起
意气风发的我
我很感谢你
一个精神灵魂在为我助威
也感谢自己
每次转折都没有做错选择题
更感谢上天
让我成了选择题的幸运儿

还有什么值得痛哭流涕
那也是幸福的泪珠照亮前方
还有什么值得抱怨
那也是感激的话语在空中流传
还有什么值得你停滞不前
那也是懂得珍惜
老天才指引着我
找到每一道选择题的答案

大自然的爱

你说
我像风儿那样飘逸
其实
我的悲伤已埋藏在大自然里
已净化在风花雪月里

你说
我是个安静的精灵
在自己的精神世界里遨游
是的
我的心灵可能是菜园,是果园,是草地
只要是大自然赋予的
我都喜欢

你说
我是个专注的欣赏者
是的
远离尘嚣,拥一缕清风
静听花朵慢慢绽开的声音

观看小鸟在院子里跳舞
欣赏大自然的生命绿

你说
我爱笑
你不知道
大自然的恩赐是那么美妙
我要用一颗纯净的心去和她和鸣

听

我站在山顶上听着风的歌声
我多么希望
听到的是你亲切的呼唤

我站在池塘边听着蛙声一片
我多么希望
是你为我弹唱的音阶

我听到李子林里
李子在成熟的声音
我多么希望
是你在果林里给我摘采
又大又红的李子
让我一生念想
这动听的摘果子的声响

我入迷地听着讲解员
讲述朱忠盛艺术家高超的牙雕技艺
深深地震撼了我的内心

如同你深情地呼喊着我的名字
在我的心海里排山倒海

我最不希望听见
黑色来临的声音
山里一盏盏灯光
冲散了黑夜的黑
我在静听
你是否已在黑夜里
为我点一盏最明亮的灯

我在仔细倾听
雷雨发出有节奏的声音
你是否已撑着一把雨伞
笑盈盈地向我走来
我一看见你，就知道
这世间的万物
如何让我有足够力气、足够勇气、足够胆量
支撑我走完这个充满杂音的春夏秋冬

爱的容颜

我认识你时
是意气风发的翩翩少年
你背着我满山跑
比一座大山还结实
大山里回荡着我们爽朗的笑声

少年时的笑声在空中掠过
中年时的脸在岁月里写下了沧桑
回忆着我们走过的印记

我企图用手去抚直你的背
用香水去熏你变白的头发
用花茶去滋润你略有皱纹的额头
希望你的容颜
再回到我们的少年时
再走一遍我们的万水千山

万水千山总是情啊
见证着你的深情似海

我忍不住用诗的语言来描绘
你爱的容颜

你的眼神

一个清澈的眼神
装满着神采
让你看见诗和远方

在诗和远方的眼神里
分享着有趣的、曲折的、勇敢的小故事
让你成为有故事的人

有故事的眼神
描绘着一个彩色的世界
那里洒满阳光、飘着白云、种满花草……
让你的生活多姿多彩

那多姿多彩的眼神
充满着希望的神采
闪耀着梦想的光芒
让你拥有一束光的追梦人

在那一束光的眼神照耀下
你的眼睛里装满着她的眼神
让你活出一个丰富的人生

不要问我为什么

不要问我为什么
你会看着落叶而掉泪
也许
你手里握着的落叶
是你的春天就要来了

不要问我为什么
你总会感到孤单
也许
你未曾品味孤独的深处
那种"闲情逸致"的艺术美

不要问我为什么
冬天总是那么难熬
也许
每次的"艰难过程"
终将是你"破茧而出"的结果

不要问我为什么
我会那么潇洒自如
生活本像一面镜子
你对她忧愁着,她就忧愁着
你对她微笑着,她就微笑着

朋友
请别问我为什么
生活永远没有圆满的答案

那时候,这时候

那时候
一起看一部电视剧
都是津津有味
有聊不完的话题

那时候
一起去市场买几棵菜、几块肉
都吃得有滋有味

那时候
一起去逛同一条街,同一个公园
都是春意盎然

那时候
你时常出现在赛场上
奔跑得矫健
一只手都能撑起一片天

这时候
面对满园春色
都是索然无味

春天的爱情

当沉甸甸的果实
缀满枝头
一阵北风吹来
五颜六色的果实
纷纷告别枝头
落在你的手掌心里
那份甜蜜,那份惊喜
好像在春天里收获的爱情

你的爱情在哪里
在春天里萌芽
在夏天里开花
在秋天里结果
在冬天里共度冰雪寒天,迎接春暖花开

历经风霜修炼的爱情
在春天里
是否会开得更芬芳、更长久

怀恋生命

生命在变幻
洁白的云朵逐渐地暗淡、乌黑
越积越大,越积越厚重
最终化成一行行的泪
一幅幅水墨画
一首首浪漫的诗……

生命在闪烁
一场昏暗的暴风雨后
天空变得那么明艳动人
让人类充满着新的光彩
万物都像换了新装那么鲜亮
你的眼睛在转动着希望的光芒……

生命无常啊
时而昏暗,时而明亮
请你不要忧郁,也不要狂喜
一切都会过去
一切都会成为瞬息

我们的生命
只能作深深的怀恋

那年那月

那年那月的你
在人群中消失了背影
我再也不曾提起

把你藏在最深的、最远的角落里
我以为
这一切都会消失在无人触及的空气里

走在街头的某一天
远远地传来我们共同欣赏的一首歌
为什么我的心头还会落泪

某月某日
我打开尘封的相册
你温柔的笑还印在相片里
清晰可见

在最寂寞的时光里
你是我走过岁月里的一棵树

我倚在树底下
你开出了一树花

树很绿
花期却很短
时间定格在那年那月
正是年少时留下的那一张黑白相片

快乐的理由

天空
有时呈现蓝色、红色……
不管你是否喜欢
它都会存在
季节有春夏秋冬
不管你是否高兴
它都会一如既往
生命在岁月中
慢慢地失去热烈的色彩
不管你是否承认
它都会悄然隐退

你的心却风轻云淡
在生命里沉淀
在岁月里保持年轻
在生活里充满笑意
原来
事物并非每天都漂亮
我们却能发现它存在的意义

生活也并非每天都快乐
但我们总能找到快乐的理由

你是一个文静的孩子

你是一个文静的孩子
从一片嘈杂声中走出来
望了望远方
宽广无边

你是一个文静的孩子
走在布满杂草的路上
沾了一脚的泥土
前方有清清的湖水
你洗干净脚上的泥土
抹干净脸上的汗珠
继续向绿色的草地、绿色的海洋走去
她会覆盖你的足迹
亲吻你的苦、你的泪、你的累

你是一个文静的孩子
天空和大地都知道
你的纯净已写在脸上,放在心里,握在手心……

等

你喜欢独自去踏浪
多少个清晨
你踏浪而来
风浪冷了你的脸、你的手
炽热的心却在呐喊
鸟儿还是不来,还是不来
为何
为何你还在那里等

你喜欢独自去踏浪
多少个夜晚
你踏浪而来
一朵朵浪花已淹没在黑夜里
海上明月升
也不见
也不见天边的鸟儿到来
为何
为何你还在那里形单影只

你喜欢独自去踏浪
多少个日日夜夜
你的眼睛里含着白茫茫的大海
常常在海边打听
鸟儿飞向何方
飞向何方
只听到海浪呼啸后的沉默
你一步三回头
问大海
爱情鸟何时归来
何时归来
浪涛滚滚
低头不语

海上明月

黑夜吞噬了白天的光明
你照亮了海水的世界
海水心中有你的影子

在寂寞的深夜里
你静静地倾听着
大海的深情表白
大海守候着你
直至你安然入睡

你来呀来，去呀去
大海都依依送别
目送你日渐消瘦的身影

当黎明的第一道光线出现时
你消融在茫茫的宇宙里
大海的心被掏空了

月光的等候

我撑着满天的月光
靠写字来打发时间
手却在颤抖
每个字潦草得不能自视

月亮已挂在树梢
她在入神地听着毛阿敏的《思念》
我却在望着月光发呆

时间是一秒一分在慢吞吞地走
滴答滴答……
钟声敲了十二下
月光和我还在做伴

午夜的月儿困得
眯成了眼线
问我：月色渐浓，你在等谁

难,难,难

我以为
我远走他乡
我以为
我绝口不提你的名字
我以为
我避而不谈你的故事
我以为
让时间去洗涤我们的过往
就会随空飘散、消失

可是
在拥挤的人群里,在热闹的节日里
我还是不自觉地去找
我们曾经走过的地方
不自觉地去找
我们曾经坐过的椅子
拂去尘埃
不禁潸然泪下
泪光中
依然含着你昔日的笑容啊

难忘您

难忘您
独自倚坐窗台
遥望夜空的星星
想您:
轻摇葵扇
听着您讲故事
甜甜地进入梦乡
去寻找您的民间故事……

难忘您
窗前
挂着那金色的蝴蝶结
想您:
借着昏黄的灯光
您裁剪的布料
一针一线凝成了爱的衣裳
我穿在身上,暖在心里
抚摸着衣领上的蝴蝶刺绣
心儿像蝴蝶一样美

忍不住与蝴蝶共舞

难忘您
夜深了
还在播放着您留下的旧唱片
回忆的片段与歌声飘出窗外
如流金岁月
缓缓而走远

敲门

白云敲了敲天空的门
天空变得色彩丰富
光芒四射

果树敲了敲花朵的门
花朵结出的果实
又大又甜又美丽

我敲了敲你的门
你门前布满青苔、落叶
早已人去楼空
只剩满腹怀念

今夜秋风

今夜秋风瑟瑟
吹起想你的思绪
手捧清冷的月光
寻找你走过的足迹……

今夜秋风瑟瑟
落叶飘飘
滑过我的肩膀
我以为
是你的手臂搭在我的双肩
拾起一片落叶
刻上想你的诗句
再三叮嘱秋风
一定一定要捎给你

不知秋风
是否吹到你那里
也不知落叶是否飘至
你的窗前

让你明了
想你的心情
如秋风落叶

今夜有风

今夜有风
似乎想吹走
白色窗帘布的花瓣
我紧紧地护着它
那是你为我留下的一窗花景呀

今夜风声四起
那一窗花景随风飞舞
不知风的风向
是否已将窗花的芬芳
吹入你的梦境
重温你我在人间花景中的徜徉

我希望

我希望面朝朝阳
心里有阳光
充满着活力
轻轻松松地
走遍大好河山
留下我充实的每一个脚印

我希望面朝晚霞
做清澈如镜的山泉
掩映着蓝天白云
绿树青山
花鸟成群
甚至远远还能闻到山野的芬芳……
为我描绘一个丰富而有诗意的
人生轨迹

我有时也会遇见阴天雨天
因为我还有泪水
有感动

有困难

有挫折

会遭遇常人所遇到的一些困苦

无论我遇见了什么

我希望

都要朝着光一直向前走

我希望

今天会比明天活得更美好

因为

我已逐渐褪去了幼稚的颜色

我以为

我以为
远方牵引着你远走他乡
只有远大的理想
我感触到你的内心时
却是满腔乡愁

我以为
生活磨炼着你的意志
如钢铁般坚硬
我触碰到你的心灵深处时
却是侠骨柔情

我以为
你的眼睛倒映着山河
是万水千山
我望见你的眼睛时
却装着我盈盈的笑意

我以为
冬至你会去欣赏
北国的风光
北风吹来你的消息
却是不远万里来看我

如果你愿意

芳草可以枯萎得奄奄一息
如果大自然愿意

天空可以暗淡无光
如果太阳愿意

生活可以没有笑声
如果你愿意

我可以离你十万八千里
让思念的种子干枯得
埋葬在泥土里
永不萌生
如果你愿意

只是到了寒冷的深夜
那深深的巷子里
一个孤独的身影
在昏暗的街灯下拉得老长老长……
隐约地听到一声声的低泣

珍惜

我总以为是命中注定
花样的年华
摘了茉莉,又拥有玫瑰

我们放飞自己
在行驶彼岸的途中
踏上了一只摇摇晃晃的小船
经历了风和日丽,又遭受风大雨急
填满了我整个视线

我忘了带足够的干粮
迷了路之后
饱受饥寒交迫
当踏上家乡的海岸时
眼光却变得豁然开朗

无数次在梦里重现
你背着我冲过重重迷雾
来充实我的人生

我该用余生来珍惜

生活给了我一个生锈的童年
我何不在青春之年把它擦亮

如果没有爱

如果没有爱
让天空下很大很大的雨
在黑夜里把我淹没
消失在你的视线里

如果没有爱
让绿洲也变成沙漠
在飞沙走石里
把我吹得无影无踪
把我轻轻地抹掉

如果没有爱
我宁愿成为你手中堆的雪人
冰冷得毫无表情
然后默默地融化
变成了水汽
愿你我此生不再相遇

两个人的世界

两个人的世界
筑有一垛透明的墙
两个人的呼吸,心灵的语言,特有的味道……
都在这透明的墙上联通
纯净得像一张白纸

如果有一天
你背着行囊奔赴前程
行囊里一定装满
轻轻的叮嘱、祝福……
前行的路上
我会听到
小鸟告诉你的行程,白云报来你的平安
风儿捎来你的消息……

如果有一天
你要返程了
家里的灯光会更充盈
饭菜的味道会更浓郁

你喜爱的歌曲会更悠扬
站在阳台上极目远眺的那个人
一定是你最想见的人

今生，来世

今生
我可否成为你的孪生兄弟
形影不离
你的笑，也是我的笑
你的苦，也是我的苦
你流的汗水，也是我的汗水
你的成绩，也是我的成绩
一起奋斗的岁月里
每一座城市都见证着我们的足迹
那就是矗立着的
一座座标志性的建筑

如果有来世
我愿意成为你雪亮的眼睛
图纸的细节演变成你完美的符号
如果有来世
我愿意成为你灵巧的双手
绘制的图纸蜕变成雄伟的摩天大楼
如果有来世

我更愿意成为你的双脚
脚踏实地
平地而起

天已飘起了鹅毛大雪
注定今生已错过
错过心里的话还没有说完
错过我冒着风雪送你的步伐
错过一场海枯石烂
今生，来世
终有一场憾事

你从声音里走来

夜幕下
街灯也掩盖不住夜的黑
夜晚的大街
也阻挡不了孤独的袭来

一个声音在电话里响起
别放下，别放下……
我害怕夜的孤独
熟悉的声音在耳边
一直一直送我回家就好
我一路走一路听
忘记了时间
忘记了夜空
也忘记了一个人走的大街
暖意在身体里慢慢地流动……

在家的不远处
在穿梭的人群里
一个熟悉的身影

在呼唤着我的小名
你的飘然而至
令我的眼睛里带有光亮
照亮了骤暖的夜空
如同白昼

今夜无风

我想听听
风吹云朵飘荡的声音
为你送行
云朵却躲进了云层
今夜无风

我想看看
秋雨拍打芭蕉叶的不舍
为你送行
雨点却在半空凝固
今夜无风

我想告诉你
记得你来时的路
为你送行
话却哽咽在嘴边
今夜无风

今夜无风
在冷冷的秋月里
模糊了身影……

遇见你

遇见你
在茫茫的人海里
不再在人生的色彩里
乱涂乱画
不再在人生的方向上
分不清东西南北

遇见你
万水千山也总是情
至真至诚的情谊如大山
坚不可摧
至纯至真的情感如清泉
川流不息
从此与忧郁告别
桃花盛开万里

遇见你
在平凡的世界里
清茶淡饭

每道菜色蒸、煮、炸、煎……
尝试人间的酸甜苦辣
活出一个不一样的我们

遇见你
大风大浪
也淘不尽你我
走过的那漫长的足迹
也抹不掉
我们一路上风铃般的笑声

脚印

走过一段
不算长也不算短的路段
有高高低低
有弯弯曲曲
也有深深浅浅……

一个人的脚印
变成了两个人的脚印
脚印里印有的汗水、泪水
滴下的水珠
化成了烟雾
变成了人间的烟火味
在世间弥漫

脚印越走越长
激情的脚印逐渐放慢
流光的脚印
在风尘里渐渐地变淡
我躺在脚印里

享受着
慢一点再慢一点的时光

站起来
继续前行
留下的一串串脚印
默默地记下
一个个动听的故事

离愁

满腹灌溉了梅雨
在阴冷阴冷的夜里
我扮成忧郁的公主
在唱着离愁的歌

我唱着离愁的歌
去追问冷飕飕的风
冷风告诉我
你已被风送走他乡

我继续唱着离愁的歌
沿着风的方向
一个人越走越远
帽子破了,鞋儿丢了,衣裳脏了
一路只遇见
陌生的面孔,陌生的乡音,陌生的环境……
就是见不到熟悉的你

真空的爱

你我相识
是一部童话里的小说
当我们走进生活时
这部童话小说的剧情
已是无言的结局

你我只能当作
一次匆匆的偶遇
当风吹过
云也就飘走
无须留下痕迹
只是我们创下的伤口
曾经隐隐作痛

你我真空的爱
本是一场童真的闹剧
玩的是小孩子过家家的游戏
最纯最真的情感
随着游戏的结束
也就无疾而终

好久不见

年少时
在人群中遇见你
似曾相识
我们相视而笑
我甚至向你挥挥手
好像许久未见的老朋友
你回报我一个很熟悉的微笑
我们都不约而同地说
好久不见

好久不见了
时光已不能停留,也不能倒留
那如诗的相遇
已进入我美丽的梦里
在梦里想起
月台上的道别
我依然在人群中向你挥挥手
我只听到雨点敲打着车窗
在雨雾中看到你模糊的身影

越走越远

我就知道

那是我们永远的明天

我想去见你

早晨的街灯在照亮我
门前的露珠在呼唤我
太阳露出半边脸在冲我笑
他们都知道
我想去见你

我想去见你
告诉你
玫瑰花凋谢了,柿子又红了
告诉你
我尝到甘蔗的甜,也喝到清咖的苦
告诉你
生活让我尝尽五味杂陈,又输送了我写诗的源泉
告诉你
生命的跑线越长,欣赏的风景就越美

天气好的坏的
又怎能阻挡
我想去见你

街角走过的背影

街角的拐弯
一个似曾熟悉的背影
擦肩而过
白发写满了他岁月的沧桑
驼背描述着他生活的沉重
步履塞满了他过往的艰辛

曾经
油亮的乌发,英姿焕发,矫健的步伐
曾经
心动的背影
如今在街角漠然而过
勾起的回忆
像是走进了久远的年代

可惜呀
那个曾经动心的背影
已在过去了的时代
化成风,化成云,化成烟

烟消云散,形同陌路

请不要叹惜岁月的造孽
也许早已注定
这是人生的一个匆匆过客

春天,淡淡的忧伤

缠绵细雨
飘进我的思绪
带着湿湿的凉意
走进了春天的忧思

淡淡的忧伤
惊扰了春天盛开的朵朵鲜花
当风吹起时
花朵不能自主
落在东去的一江春水之上
滚滚而去

花朵在滚滚的浪潮里
含着无穷无尽的不舍
怀着对春天深深地眷恋
卷进我淡淡的忧伤里……

同病相怜

清明的风
呜呜地吹
把树枝吹得七零八落

清明的雨
滂沱而下
把树叶打到湿沥沥的地上

也许是风雨的无情
也许是过于悲伤
一只小小鸟掉进了落叶里,爬到枯草上
挣扎着在地上挪动
她也受伤了

我和小鸟站在树底下
抬头,树影婆娑
低头,泪花飘零
同是天涯沦落人
相怜何必曾相识

任凭阴沉沉的天
淹没了两颗同病相怜的心

为何

为何
等到一头青丝如雪
望穿秋水
还是失联了半生

为何
每天为你写下的诗篇
遥寄给你
总是沉入海底
无声无息

为何
常常走向寂寞的原野
也捕捉不到你的一点气息

为何
我一直都在孤独前行
你也在另一个寂静的旷野上
独行吗

为什么你不快乐

为什么你不快乐
走路摇摇晃晃
生怕大风吹走吗
修炼内心的强大
坐看云卷云舒
心
不就舒坦了吗

打开封闭的心窗
让阳光洒满每个角落
走出紧闭的心门
面朝盛夏的海霞
心
不就海阔天空了吗

谁知道
世界到底有多大
理想到底还有多远
意志到底还要有多坚强

只知道
在最好的年华里最不相信眼泪

勇敢地驱走了心魔
心
也就充盈起来，活络起来
你
还会不快乐吗

我本该喜欢这黄昏

我本该喜欢这黄昏
夕阳
给我无限的遐想和希望
也给我无限的美丽
坐在阳台上,走在马路上,散步在林间
都享受着她的温暖和慈祥
感受这世界上
即使是余晖
都会给人无限的包容和能量

我本该喜欢这黄昏
可以想象你在人群中
远远向我挥挥手
那友善的样子
可以感受不是那么热烈的爱
却在两个人的世界里长久地温热着
还可以期望
夜晚的月亮悄悄地探出头
星星调皮地向我眨着眼睛

还可以期待夜晚的星空突然裂开
走出一个美丽的仙女
从此天上人间……

我本该喜欢这黄昏
可惜……
今晚突如其来的狂风暴雨
把门前无辜的花草淋得稀里哗啦
小草沮丧地耷拉着小脑瓜
花朵残枝满地
我强忍伤痛
把家里所有的灯带都点亮了
明亮得像白天
希望她们能安然度过
这个阴暗的黄昏

我想,也只想

我想
和你去听听大自然最动听的声音:
海边的风、海上的浪花、海面的海鸥
我想
和你去看看大自然最美妙的风采:
新叶吐蕊、雨露滑落、新果成熟
我想
和你去大自然里走走
但我要洗净眼里所有的污浊和杂质
再优雅地陪你去看世界

无奈我无法选择
我像你手中的沙子
你一松手就会把我弄丢
无奈我只是你命中的桃花
春天会开,也会谢
无奈
时间不等人,岁月不停留
匆匆的一瞥

就耗去了半生

今生今世
我只想,只想
做你白天与黑夜的影子
离你最近的永远都是我,都是我

我在原地等你

流金岁月三十年
你还常常提起
我们的第一次相识：
我的小模样
我那蓝色飘飘的花裙子
我那书生意气……
原来我在原地等你
想听
你讲我们初相识的故事

再温馨的故事
也会遇见冬天
我的心在冷风中颤抖
你带着暖暖的笑意
送来了世界上
最暖和最柔软的棉衣
原来我在原地等你
给我送来了一个温暖的冬天

没人比你更懂我
如阳光知道万物需要普照
如湖水明白云朵的飘逸和冷暖
如黎明深谙黑夜需要呵护
我依然在原地等你
等一个手捧幸福而来的你

见到你
如遇良辰美景
因为你已包容了
我的笑，我的泪，我的苦，我的乐……

我在原地等你
直至天荒地老

下辈子我还记得你

我想和你去一个山清水秀的地方
有山有水有凉亭
看日出的海市蜃楼
看夕阳下的花草摇曳

你躺在露天的温床上看满天繁星
我坐在花园的花丛中
迷醉在若隐若现的古乐里
你说喜欢这里片刻的宁静
我说喜欢这里的世外花园

你我走进熙熙攘攘的市井
你买你的大鱼大肉
我买我的青菜萝卜
你蒸一碟香气扑鼻的清蒸鱼
我煮一盘清甜可口的青菜
一碟一盘一碗一筷
拼盘出一个美丽的图案
生活就是在点点滴滴、重重复复中

像一粒粒珍珠串联起来
闪闪发光

生活的片段
串成的回忆
不知道
下辈子你是否还记得我

掩饰不了想你

滨海小城
清晨海水温润着我的脸庞
傍晚海风吹拂着我的头发
夜里嗅着淡淡的海腥味进入梦乡
梦里听着海涛的歌声……

生我养我的小城
我要出一趟远门了
外面的世界好精彩
我站在高楼之上望着万家灯火
想你
那蓝得清澈又温暖的港湾
我站在霓虹灯下
想你
海上如星光灿烂般的海上栈道
我徘徊在望不到尽头的大街上
想你
浮现出我们牵手在老街的街头
尝遍粉皮、蚝炸、鸭粥等特色小吃

我走着走着就走远了
亲切的乡音在耳边回响
回来吧，回来吧……

夜深人静了
想你床头的月光
想你夜空的星星
想你凌晨的海上日出
想你的声声呼唤……

想你
我回来了
当我踏上故土时
当我远远地看见你时
泪水已在风中飞溅

遥远的距离

我用脚步丈量
你和我的距离
已耗尽我半生的皱纹和白发
我们的距离到底有多远

如果可以
我划坐一只弯弯的小船
划向茫茫的天际
在云海里追寻你走过的轨迹

如果可以
我宁愿你是永驻天上的月亮
而我是离你最近的小星星
你走我也走
你停我也停
永远感知我们咫尺间的爱

如果可以
我用诗歌的灵魂

召唤你远方的心灵
在夜空里
碰撞出心与心的火花
然后再跌进谷底……

也许,我不该寄这封信

也许,我不该寄这封信
字里行间
没有百灵鸟动听的声音
只有偶尔发出的叹息声

也许,我不该寄这封信
字里行间
没有华丽的辞藻
只有陈述着背上担子的沉重

也许,我不该寄这封信
写了一半又揉成一团
揉了一团又铺开来写
写不出生活的流畅
只写了日常的皱皱巴巴

也许,我不该寄这封信
让读信的你
不停地喊着我的名字

为我鼓气加油
为我茶饭不香

也许，我不该寄这封信
我应该写完后
让它在火山上烘烤
让它在冰山上融化
让它在翻滚的心海里溶解

院子里的春天

院子里满树的花
鲜艳的颜色在风中飞扬
小鸟站在最大的花朵上唱歌:
春天在哪里
春天就在这里

院子里的阳光铺满草地
草儿金晃晃的
她在光里悠悠成长
阳光躺在她里面
暖暖的,又是软软的
白云一团一团
也想俯下身子
在院子里过上春天

院子里的春天是热闹的吧
看着你在院子里
忙着修整绿油油的小菜园
菜花一朵朵,一束束,一群群的

其实
你才是我院子里的春天

雨夜诀别

一场暴雨
毫不留情地
洗刷了一段不该有的喜鹊桥段
千疮百孔的爱情桥段
经不起雨浪的冲击
彻底垮了,冲走了

这个雨夜
对方的脸庞已渐渐模糊
分不清雨水
还是泪水
水滴落在两张似乎陌生的脸上
不自觉得滑落、再滑落……
一个走向东,一个走向西
背影已消失在雨夜里

朋友
请不要回头
一段不成熟的桥段相遇

注定是稚嫩地夭折

朋友
请不要伤悲
终止受伤最好的方式
就是这场雨夜诀别

若干年后
可能
你会偶尔想起
那场雨夜诀别
已似大雁飞过,不留痕迹
也许
你会感谢这场相遇
又诀别

别离

也许你是天上最亮的星星
太遥远
我想要一个长着绿叶的篱笆小院
我走了
别怪我
不辞而别

也许你是天边最长的河流
太虚拟
我想要一个有温度的热火炉
我走了
别怪我
默默离开

也许你是边远最勇敢的守护神
太缥缈
虚弱的我感觉不到
你坚定的眼神
我走了

别怪我
跌跌撞撞

我走了
真真切切的你
在追赶我的路上
我才知道离别
是你最大的台风

雾的思念

迷蒙的雾
贴在门窗上
一滴滴地滑落
迷糊了你离开家的方向

我努力地擦了又擦
迷蒙的双眼
多想看见你那张清晰的脸
眼前
整个世界都沉浸在雨里雾里
总是不能自拔

我像是困在
一片空寂的森林里
雨雾般的思念拉得好大好长
却无法跨越你我的距离

秋的寄语

童话的秋天
一场久违的遇见
便拥有了小公主般的快乐

金色的秋天
你给我沉甸甸的情深义重
从此开始了你余生的漂泊

凉凉的秋天
落叶有奔向土地的方向
我望着遥不可及的天边
唯有一腔思念
化作了秋风、秋雨、秋歌……

当暖春回归时
当我写完厚厚的一本诗集时
当你华发早生时……
也许
就是你重回故土之日

遇上不该来的雨

你站在领奖台上
我却不能现场为你祝贺
一场隐藏已久的暴风雨
阻挡了我的去路

我在雨中为你喝彩
虽然我的眼睛里
不小心灌进了雨

我在没有一点生气的天空中
为你送去祝愿
虽然此时乌云已在我的上空堆积

你在人群里四处搜索我身影时
那场雨已把我淋得无处可躲

只要你生命美丽
我的心灵就美好
虽然遇上这场不该来的雨

你是否会停下脚步

夜深时
我总会幻想
你停下脚步的样子
你是否会回头
看到一个安静的我
和我一起看完未看到的山水
和我一起欣赏未看完的诗篇
和我一起讲我们的故事，我们的未来

你是否在两鬓斑白时
才停下脚步
静静地翻阅
我的心的历程
我总是嫌弃弯曲不平的山路
你是否会
制订一个完美的计划
去修补满是缺陷的路面

你是否会等到繁华归隐
才会停下脚步
郑重地拾起我写给你
一本薄薄的情书
翻开而感动

伤春

春天一次又一次来临
有人说春天是花季
拥有花季的人们
吮吸着花蜜
甜蜜地度过
有人说春天是雨季
拥有雨季的人们
在阴雨里忧郁地度过
而我
总该拥有一个希望的春天吧

我使劲地刨出一块整洁的地
在干净的土地里
虔诚地埋下了一粒种子
可惜呀
可能埋得太浅太浅
还未等到它发芽
就已被无知的小鸡啄出
狼藉满地

这个春天
我怀疑自己
埋下的不是种子
而是失望啊

逃避的爱

你的目光总是恋恋不舍
落在花蕾上、花瓣上、花梗上……
你看到花开了
就像看见了整个春天
你就满心欢喜地以为
春天就是你的了

拥有春天梦想的你
追寻着花的轨迹
你看见
被花朵拥簇的女孩
心花怒放
正如她在花季里恋爱的脸
你想
她一定拥有花样的年华吧
你看见
一个会养花的人
把五颜六色的花插在花篮里,放在怀里,捧在手心上
你就羡慕地以为

她是活在花的世界里吧

可是
你从来不养花
你怕换来的是泪水
浇灌凋零的花瓣啊

因为喜欢

她不会用眼泪来洗脸
也不懂在苦难面前退缩
更不能在空洞里虚度
她读读写写,写写画画
随性的文字
她喜欢

因为喜欢
她总是在黑夜里写
借着夜晚的余光
怕风儿会笑话她
怕月光会爆出她的笨拙
怕小鸟会唱出她的文字
一到白天
她就偷偷地收藏起来

因为喜欢
就一边写一边读
有一天

她朗读的声音惊动了太阳
太阳笑眯眯地照着她的写真
惊讶于她的文字
可以串成诗文

因为喜欢
她更加用心地写呀写
把生活都串成了一首首诗
她为此而沉醉在诗歌里

因为喜欢
她在诗歌的世界里
插上一双隐形的翅膀
自由自在地在蓝天下飞舞

风的方向

我愿意是一棵开着花的
树
当你向我走来
吹起我的衣裳般的树叶
沙沙作声的音乐
与你有节奏的共舞
花瓣飘飘从天而降
为我们的世界增添了几分美丽
不必惧怕阳光和风霜
因为我们都是有梦想的
年轻一代

你可以哼着歌儿向我走来
你也可以踩着彩云向我走来
你也可以像一位温柔的姑娘向我走来
只要你愿意
你爱怎么来就怎么来
只要你不改变方向
即使路途很弯曲

想您的季节

冬天的脚步走近了
风吹得有点猛烈
我想问一问风儿
可否送我一程
寻找您我曾走过的脚印

异乡的冬季
寒风会凛冽些
一个孤独的影子拉得好长好长
淡淡的乡愁在闹市中愈加落寞
挥不去,抖不落

陌生的花城
遇见您
您的笑意如木棉花般
那么美丽
一个孤单的游子,有了朋友
一个想家的人,有了亲人
一座陌生的城市,有了一张亲切的脸孔

您宛如冬天的一把火把
温暖了我整个冬天

岁月在身边流淌而过
人流在人潮中穿梭
上车，下车，又上车
本是匆匆过客
可为什么
梦里千百回再遇见
想念您的风儿吹得老长，老远
想去寻觅您足迹的念头
与日俱增

又起风了
想您的季节
如落花般惆怅
愈演愈烈

也许

也许
纯净的湖水
被发黄的枯叶压着
你会有一点点惆怅

也许燃烧了枯叶的残留
却污染了空气的清新
你深感遗憾

也许命中注定
人生本该有遗憾
才会走错了那条路
而且还要继续错下去

也许前路还有更大的挑战
你的目光
会更加坚定地望着前方

也许生活的磕磕碰碰
上天
早已为你生命的重生
做好铺垫

也许人生铺垫的色彩
太复杂
你还是选择了素描
素雅就好

花儿的美好

有人喜欢
惊艳的牡丹
有人喜欢
羞答答的玫瑰
我唯独钟爱
无名的小花

花儿皆美好
无论她
是不是你喜欢的样子
她们的价值
一样在世间流行
她们的风采
一样也不逊色
她们的特色
一样在人间增色添彩
她们的芳香
一样具有独特的魅力

只要你的心灵足够美
只要你的眼睛足够明亮
只要你的语言足够有磁场
只要你用心和应
自然界的花儿皆美好

以前的冬天

现在的冬天
在温室里开着暖气
空间里暖烘烘的
心却如常
不温不热

为什么总有点怀念
以前的冬天
大家冒着寒风拾掇干柴
点燃一堆火堆围坐一起
吹着冷气,烘着掌心,闻着在烤的番薯味
谈笑风生间
已暖了一整天,甚至一个冬天

以前的冬天
我们穷着,但开怀地乐着

你是谁

烈日当空时
如火般的热情
是谁
穿梭在
街道上、商铺前、市场里……
汗珠
一滴滴、一滴滴……
无声地滑落
每条街道都印证着
您辛勤的汗水
每个角落
都留下您勤劳的足迹

是谁
一根烟头、一块纸碎、一个水果皮……
做到垃圾不落地
您用心灵的美
打扮着这座小城
创文巩卫冲刺时

您扫地的声音
唤醒了这座城市的黎明
当天亮了
街灯下的街道也变得更闪亮了

是谁
手握扫帚发出美妙的沙沙声
花草在风中为您鼓掌
市民为您竖起大拇指
你的眼睛里却
装满一座城市的美化

一年365天的夜以继日
是谁
为这座城市
默默地奉献着自己的力量
是谁
为这座城市
洒下了无数颗汗滴
是谁
把这座城市
打扮得清新可人

只要你经过
你会不由自主地停下脚步
品味这座滨海之城

你会记住她的美：
清丽脱俗，一尘不染
你会由衷地感谢：
我们城市的美容师

恋爱了,美人鱼

在蓝天和白云的水里
有一条美人鱼在游来游去
发出咕咚咕咚的水声
她游上水面
想去抚摸水中的太阳

太阳在水中散开
泛起了一湖金光
闪耀在岸边的繁花
纷纷落下
水面铺满着彩色的花朵
水汽也香味袅袅
美人鱼被香熏得有些微醉

美人鱼醉了
岸边的垂柳
悄悄地为她
撑起一把绿色的小伞
让她在绿色的生命里

充满着爱的活力

那一片绿
也是爱的呼唤
引来了
小鸟的问好声
蝴蝶跳了一支又一支舞蹈
白云不自觉得
扭动着那粗粗的身子飘来

美人鱼快乐地
在与湖水的云朵共舞
恋爱着
这繁花似锦的花花世界

家的味道

小时候
从街头跑到街尾
妈妈熟悉的呼唤在耳边响起
回家吃饭,回家吃饭……
我们像一群小兔子
赛跑着直奔家里
一股家的烟火味
扑面而来
我们狼吞虎咽
家的味道回味无穷

长大以后
离家千里
只能听到电话的另一头
妈妈遥远的呼唤
回家吃饭,回家吃饭……
年年月月,月月年年
妈妈的呼唤声渐渐地老去
有妈妈的地方就有家的味道

时光如梭
岁月会走
在梦里
仿佛还听到妈妈的呼唤
还看到妈妈盛出那冒着热气的饭菜
然而
家的味道早已远去……

母亲的微笑

你出生时
胖乎乎的、红扑扑的
母亲每每谈起
你都竖起耳朵听:是这样的吗
母亲对你的回忆
是微笑

你迈出第一步时
在草地上摔跤了
吓得哇哇大哭
母亲拉着你的手
一步一步地往前走
你最终在草地上笑着奔跑的样子
母亲每每谈起
你都竖起耳朵听:是这样的吗
母亲对你的回忆
是微笑

你算不上冰雪聪明
拿不了考试的高分
却拿到了生活的高分
你可以跋山涉水
去采摘母亲最爱吃的果子
你可以在冰天雪地
为母亲煮上一碗最暖的汤水
你可以做母亲的双脚
背着母亲满世界跑
你可以在夜晚的星星出现后
给母亲道晚安

每个日子
母亲看见你
更多的是微笑

生命里的油灯

霓虹灯在闪烁
亮如白昼
可我还在寻找着
我生命里的油灯

儿时的油灯亮了
它伴着母亲轻轻的歌谣
进入我的梦乡
母亲为我们拉被角的双手
温暖得像躺在摇篮里

梦里的油灯依然亮着
陪着母亲忙碌的身影
我从眼缝里看见
母亲在油灯下的穿针走线
清晨醒来
床头上折叠好一件
别出心裁缝补好的衣裳

如今

每逢雨夜雨打芭蕉

梦里泪眼寻梦

再也找不到

我生命里最温暖的油灯

抹不掉的回忆

每逢沥沥细雨
都像是在唤醒我儿时的记忆

记忆我的幼年
在饥寒交迫的岁月里
您从寒冬里向我走来
您提着一箩筐的番薯向我走来
您捧着一大碗热气腾腾的番薯向我走来
我接在手里
我的冬天里涌出一股股暖流
我的寒冬里冒着的都是您给我的暖气

记忆我的童年
多少次的倾盆大雨
多少次的小河汹涌
多少次的泥泞小路
是您
背着我一次又一次地蹚过河流
是您

背着我走过一道又一道的坑洼小路
在您的背上
我度过了一段又一段
平平安安的岁月

幼小的记忆里
您给我讲了许许多多的励志故事
我认识了字、认识了张海迪、认识了雷锋
一个个坚强不屈、助人为乐的人物形象
深深地烙印在我的脑海里
在您充满爱的故事里
我慢慢学会长大

今晚
绵绵细雨
如我绵长的思念
一个最有温度的姨妈
一直珍藏在我的记忆里

（创作背景：诗歌的主人公"我"念念不忘：小时候，姨妈陪伴他度过一段艰难而美好的岁月。）

友谊的长河在流淌

我们无法阻挡东去的流水
也无法握住一树落叶
却留住了一颗年轻的心

我们忘了年龄
只记得昨日
树下的研读
操场上齐刷刷的早操
教室里全情投入的听讲……

我们忘了何时走出校园
今天我们的重聚
好像是昨日的暂别
还是那张脸,还是那双手,还是那情怀
岁月的沉淀
你们的眼睛里
闪烁着优秀的光芒
你们的笑容里
渗透着成熟、智慧和格局

从清晨到夜晚的时钟
从南至北的时空
从春至冬的365个时日
怎能隔断
在流淌着的友谊长河

年轻的我们

年轻的我们
用嘹亮的歌声唱响生命的主旋律
插上翅膀去追逐我们美丽的梦想
用晶莹剔透的笑声去充实我们的生活

年轻的我们
不知疲倦,踏着浪花而来
不畏风雨,顶着雨水而来
不惧严寒,冒着冬雪而来
为勇敢的生命而喝彩
为精彩的年月而欢呼
为烂漫的岁月而绽放
为年轻的生命画上了浓墨重彩的一笔

世界因我们而年轻
我们因世界而美丽

我们是同窗

回望,
一段少年时光,
烙印了我们的轨迹;
一段同窗光景,
留下了我们的欢声笑语;
一段朝夕相处,
结下了深情厚谊。

相隔数载,历经风雨,
岁月给我们添加了
几分成熟,
几道皱纹,
几根白发,
仅此而已。
重聚,
依然还是原来的我们,
情谊如酿酒般的香醇。

这片乐土,我们找回了自己。
这块天地,我们尽情地欢笑。
这个空间,我们充满了纯真。
说不尽,也道不完,
一碗酒,一杯茶,一段曲,
已浓缩了数十年的少年情。

为我们的重聚,干一杯吧!
为我们的当年情,干一杯吧!
为我们的友谊,干一杯吧!
我们的代名词:
朝气、纯真、深情……
天然而洒脱,
何须瑰丽的添彩?

翻开相册,打开尘封的记忆:
回想,同窗之情,没龄难忘;
回忆,同窗光景,相伴相随;
回味,同窗之谊,历久弥香。
同窗万岁,友谊万岁!

青春

你青春的名字
永远停留在十八岁的年纪
一笔一画都写满飞扬的神采

你青春的眼神
装满了十八岁的故事
那是少年在花季、雨季时留下的印记

你青春的笑容
迸发出花儿的甜蜜
那是你未尝经历人间的磕磕碰碰

你青春的眼泪
那是在读言情小说时
悄悄滴落在花丛中的露珠

你青春的样子
站在人群中都是一颗亮闪闪的小星星
活力四射

你青春的光阴
不知是青春
但青春已不辞而别

你回头一再寻找
青春在哪里
旧抽屉里锁了几十本发黄的日记本
你读了一遍又一遍
感慨
青春太匆匆

南海儿女

海上的阳光
落在南海儿女的脸上
像喝了红酒
又像是天生丽质
走到哪里
脸面都闪着红光

南海儿女
从来不像小姑娘似的
羞羞答答
她们拥有大海坦荡又宽广的胸襟
走到哪里
都是爽爽脆脆的

海风吹起
或柔和或猛烈
海浪、绿林在合唱着
南海儿女天生就是主唱的角儿
唱响渔歌时,清清亮亮的

吸引了天空的朵朵白云
停留驻听
吸引了多少水中的鱼儿
涌上船头

大海飘飘荡荡
磨炼出南海儿女
吃苦耐劳的品质
她们风里来雨里去
以大海为摇篮
以星月为灯光
以太阳为保护神
当平安凯旋时
满舱都是活蹦乱跳的鱼儿

若问南海儿女
情归何处
船头的日出，晚霞的金滩，海上的明月……

吹泡泡

我吹呀吹
轻轻地
成群结队的泡泡
热热闹闹就跑出来了

我吹呀吹
五颜六色的泡泡
闪烁着光芒
把我的世界打扮成彩色

我继续吹呀吹
泡泡飘出的色彩越来越丰富
我欢喜得像个孩子
一边呵呵大笑
一边追逐着你的绚丽

当我想和你牵手时
你如泡沫般消失在空气里

从此
你给我短暂的美丽
成为我永恒的记忆……

不该凋谢的玫瑰

总是
我喜欢经过你的窗前
那里
含苞待放的,或怒放着的玫瑰
散发的芳香
我会迷醉,我会惊喜

今天
我又走过你的窗前
经过冬夜的无情摧残
玫瑰已一片片地凋零
散落在你的窗台

此时
我捧起一片又一片凋谢的玫瑰花瓣
一步一步地向你的坟前走去……
不堪回首
昨夜花瓣那晶莹的露珠
怎么就成了今天的眼泪

珍贵的生活照

在阳光的日子里
我们倚靠在门框的两边
让阳光任意地洒落在家门前
身上有暖意
脸上泛着红光
形成一幅珍贵的生活照

在雨天的日子里
我们并排走在田间,走在花丛里
前面是稻香,是花香,是闪亮的道路
后面是迷蒙的雨雾
形成一幅珍贵的生活照

在阴天的日子里
你在弹吉他
我在和诗
一首关于爱情、亲情、友情的旋律
慰藉着两颗童心
在珍贵的生活照里诞生

我们还年轻

我们还年轻
跨过火山,越过山河
尽情地挥洒着我们的汗水
那是一个"无畏"的年代

我们还年轻
来一场说走就走的远行
从黎明走到黄昏,一直走到夜的深处
品尽了人间百味
还是尝不到一个"愁"字

我们还年轻
如一朵朵绽放的花朵
要开就开得绚烂
要凋谢就凋谢得彻底

我们还年轻
青春是我们的名字
活力四射着我们的未来

忆青春岁月

忘了
窗前的小喜鹊在叽叽喳喳地叫
忘了
门前的七里香在院子里飘香
忘了
菜地里采摘的一朵朵菜花已插放在餐台
忘了
那段段峥嵘岁月在不停地敲打着电脑键盘

只记得
轰隆隆的雷阵雨
惊醒了我们的青春梦
只记得
猛烈的太阳
燃烧着我们的青春热血
只记得
年轻的梦想已插上翅膀
飞上蓝天白云
与天空看齐

干杯,青春之歌

五月
吹来了一股清新的风儿
四面八方的你们来相会
一张张青春的脸孔
仿若昨天
三十年的流光岁月
说不完的话
谈不完的笑
道不完的情
少年涂上最纯最真的底色
永葆青春之活力
举起酒杯
为永不褪色的青春干杯

五月
气候暖暖和和的
趁着大好时光
不约而同的你们来相聚
脸上洋溢着青年之意气风发

奋斗着，幸福着
成功着，喜悦着
我们不忘初心
不负时光，不负时代的使命和担当
举起酒杯
为奋斗的青春干杯

五月
今儿月明
跟着时代的步伐
我们披荆斩棘，奋勇前进
我们激昂斗志，高唱青春之歌
我们再次握手
再度出发
再创青春的辉煌
举起酒杯
为圆青春之梦再干杯

奔向山海情

马拉松起跑的枪声一响
选手们开启了
奔向山与海的浪漫和激情

如果马拉松是赛跑
我想学会飞
像风儿一样在空中飞
飞向金滩，飞向绿林，飞向蓝天
在最美滨海赛道上
一览山海全景

茂名马拉松跑道
是五彩缤纷的地上彩虹
沿途的荔枝之乡，金字品牌擦得闪亮
品尝了不一样的甜蜜
途经滨海的碧海蓝天，浓情铺满一地
经历了不一样的热情
高凉美食在空中刺激着我们的味蕾
享受了不一样的味道

好心之城凝心聚力的高质量服务
感受了不一样的温暖
选手们义无反顾
尽情地挥洒着拼搏向上的热汗
领略了不一样的精气神

茂名马拉松印象
在大地回旋，在空中回响：
奔赴滨海赛道，寄情于山海，浓情在茂名

我们都在春天里

我们都在春天里
微笑着走来
一堂梦寐以求的课堂
正在向我们敞开
我们如饥如渴
如春天的万物
吸收着甘露和细雨的营养
一点一点地成长

我们都在春天里
微笑着走来
一个风趣幽默的课堂
我们好奇地推开知识之门
融入轻松愉快的氛围
全身心地扎进培训的海洋里
自由地生长,欢乐地畅游

我们都在春天里
微笑着走来

一堂别开生面的知识培训
在春天里
我们找到了成长的方向
在春天里
我们积攒了知识的力量
在春天里
我们满怀信心地向梦想出发
在春天里
我们搭建了一个希望的舞台
在春天里
人人争当一名圆梦的角色

在春天里,在企业里,在每个员工的心坎里
您用行动
撒播了希望的种子:
打造一支高效的企业团队
如东方之朝阳,如春天的生机
正在朝着您期望的方向
一步一个脚印
携手迈进

大风吹

我们站在海堤边
任凭大风狂吹
吹过海面,涌起了波澜
吹过树林,传来了哭泣声
吹过心绪,沉重得无言以对

我们说好再见
怎奈大风吹来却是道别

南方小鸟都归巢了
为何大风一吹
你却像奔腾的河流
勇往地奔向遥远的北方
又像一叶轻舟
已穿过千山万水
又像一朵无拘无束的白云
飘游四方

大风继续吹
变成了你在天上飞
我在地面走
仰望着、遥望着
你将消失的影子

等待黎明

等待黎明
那微微的晨光
拂醒了花蕾的心儿
在慢慢绽放

等待黎明
那清爽的晨风
会吹醒热爱生活的人们
小区里、公园里、校园里……
跑步的、跳舞的、读书的……
都在播放着乡村振兴的背景音乐

等待黎明
黎明将奏响
满载而归的渔船
在海里轻轻荡漾
咸咸的海风、海鲜、海浪、海滩、弄潮儿……
都在海边唱着、跳着、期盼着黎明
尤其是渔民喜悦的脸庞

变得越来越红润了
是乡村振兴点燃了他们新的希望吗

等待黎明
黎明将至
绿衣飘飘的苦瓜，孩童脸蛋的桃子，夏日眼睛的龙眼……
堆了一座小山又一座小山
黎明后的缤纷将走进千家万户
果农们都差点笑弯了腰

等待黎明
黎明将破晓
温柔地照进乡里乡村里
乡村振兴的步伐将迈得更大、更稳了

时光

时光真美丽
早晨的天色粉粉的、蓝蓝的
我多想攥一把
永久地抱在怀里
和你开启美好的一天

快乐的时光
总是让人恋恋不舍
踩着落叶在山间散步
听着小曲在闹市里谈笑风生
追着梦想去四方游历……
这一段段时光又何其短暂

时光都去哪了
在平淡里
我打开一首首诗文
走进诗情画意里
让时光变得
有歌声有色彩有味道

时光都去哪了
在灿烂里
握着时光的每分每秒
不辞万里也要把你找到
送你一份在笑意里的幸福

路,永远在前方

路,永远在前方
不必怀念那燃烧过的青春
我们笑与泪的奋斗史
已诠释了一个无悔的青春

路,永远在前方
不必怀念那匆匆的过客
缘尽缘来,如潮涨潮退
唯独你我注定
是一世风与浪的情缘

路,永远在前方
不必怀念那过去了的过去
我们已在沧桑的岁月里
脱去孩子气的外衣

路,永远在前方
走好人生的每一步
到头来

我们都拥有一本
励志的故事书

人生风景

你正值黄金般的年纪
正是撑起半边天之时
为什么你老是皱着眉、驼着背
也许你还在为失去的夏天
作声声叹息吧

收拾心情
走向秋天吧
人生处处有风景
今年秋天落叶不辞而别
明年春天新叶又不请自来
既然我们留不住夏天的热情
我们就迎娶秋天的丰收吧
即使到了夜晚
月亮躲进了云层,不是还有星星吗

让今年的秋风
统统吹走曾经的痛失吧
用一颗心

去倾听、去思考、去寻找
秋的印记
人生风景无处不在

舞者

没有人告诉你
跑出笼子的鸟儿
会是什么样的心情
你走在回家的路上
不由自主地舞动起来

你的舞姿告诉世人
你是舞者灵魂的化身
你跳着、舞着且快乐着
你为喜欢而跳,为欢喜而跳

没有舞台
不是有宽敞的大地吗
没有伴乐
不是可以清唱吗
没有台下观众
不是可以自我欣赏吗

你飞舞如轻燕
独享其乐
天上的月亮与星星哟
已向你投来惊叹的目光
他们都在为你喝彩

美丽的孤独

我站在清晨的窗台
晶莹欲滴的露珠
在绿叶上来回滑溜
花蝴蝶在窗前
翩翩起舞
微风吹送着我
琅琅的读书声
孤独走进我的视线
成了我的风景

我走进了一片茂密的森林
轻柔的薄雾给我披上了
一层纱一般的外套
把我打扮成一名飘逸的仙子
游走在从枝叶缝隙漏下的阳光里
迷醉了双眼
听
鸟鸣的声音
闻

泥土的味道
感受
植物的生命力
停留
孤独在我的心间

孤独是如此美丽
那是我静待花开的时光

感谢疼痛

你时常
走着,唱着,跳着
即使遇见风高月黑的夜晚
你也会感觉前面有光

扑通
重重地摔了一跤
瞬间
你的疼痛在寒风中哀叫
你的心跟伤口一样的绞痛
你好想像孩子般放声大哭
恰好
冷风里传来了一个温暖的声音
送来一双温暖的手

你重重地摔倒时
口袋里洒出一大堆感慨、感悟的文字
你一边疼痛着
一边把洒落一地的文字

一个个地拾起来
串成一行行成熟的、浪漫的诗文

感谢疼痛
路太平坦
你是否
永远只能做天真烂漫的孩子
跌撞过了
你是否
会思考着慢慢长大

我心在微笑

生活时常告诉我
拥有一颗微笑的心
运气就会一点点地攒起来

生活的节奏千变万化
在千军万马中
我心依然,初心不改
像一个调皮的小女孩
蹦蹦跳跳地前进
因为
我心在微笑

生活的浪潮
汹涌着、呼啸着
我像是海上的一朵小浪花
在阳光下一闪一闪地眨着眼睛
因为
我心在微笑

生活的寒暑冷暖
我试着一一去体验
很幸运
跨过了一个又一个的坎儿
我心在微笑

生活给了我丰富的素材
我捧着满满的对生活的认知
满世界找你
回过头才发现
你依然在原地等我
我心怎能不微笑

红红的苹果

往日的秋风
摇曳着一片片果树
苹果吹得更红了

一辆货车承载着
一树树的苹果
怀揣着一个个果农的梦想
红红的苹果走南闯北

他在街边吆喝着叫卖着
凛冽的风却在催促着路人
行色匆匆

夜晚的街灯亮了
他长途跋涉的皱纹
在寒风中略显深刻

他好想打一会儿盹
又生怕错过
一个叫上帝的顾客

不要在黑暗里踱步

不要走进丛林
在黑暗里踱步
阴冷的风阵阵,模糊的雾重重
会迷失了你的方向

不要走进黑墙壁的小房
在黑暗里踱步
闪光的心灵无处安放
有声的语言没有回音
黑影一现再现
会惊吓了你的灵魂

不要走进狭小的思维里
在黑暗里踱步
理想需要广阔的视野
一个晴朗的天空
一个明媚的春天
一个思想活跃的你

迈出黑暗的门槛吧
仔细聆听
黎明的钟声已敲响
爱的使者将点燃火种

心里话

你说我爱笑
其实
当我背向你的时候
我也有很多忧伤
忧愁我老去之后
会变成一个驼背的老太婆
忧愁我三十年之后
只有一个人孤孤单单
忧愁我没有更多的精神力量
去探讨更精彩的人生……

你说我充满阳光
其实
是你温暖了我整个世界
当我背向你的时候
感觉世上有些东西是冰凉的
是你
给我足够的勇气
点燃起热爱生命的火花

熔化了心中的冰点
向着暖阳
一路奔跑

你说认识我真好
其实
认识你
才足以让万物快乐生长

阳光的笑脸

我喜欢阳光
更喜欢看到一张阳光笑脸的您
您的笑脸像晨曦、像晚霞、像星光……
您总是把光和热
洒落在每个人的心坎里
周围都充满着暖流
哪怕是在寒冬

我喜欢走近您
您像一束光
为世间创造了温暖又安全的春天
我喜欢靠近您
您像当代的活雷锋
无私的奉献
影响了更多像您一样的人
我崇拜您
您像一棵永不凋谢的常青树
无论您走到哪里
都充满着旺盛的生命力

一个阳光般笑脸的您
总是把春意盎然留给人间
洒给一路同行的人

缺失的爱

白天天地闪耀
黑夜星光熠熠
而你前前后后都是心理阴影

周围高楼大厦
挺拔得与天比高，英俊得令人仰慕
而你灰头灰脸得像猪八戒
鼻子不像鼻子，脸面不像脸面

没有人关心你的长相
没有人过问你的痛楚
你只能顶着日晒雨淋
忍受着路人诧异的目光

你的框架
如空壳
只有一片空寂的荒草在疯长
你灰暗的面孔
如百岁老人

历经人间沧桑

一份缺失的爱
让你失去了名字
失去了一个完整的家
只能笼统地称呼你：
停工的建筑物

笑比哭好

等待
在孤独中思索
在前程中迷茫
在慌乱中失眠
在苦闷的夜里湿了枕巾
一封录取通知书悄然而至
从这一刻起
尝到生活的大喜
我开怀地笑了

不记得
家在何处了
迷蒙中寻找着、寻找着你的方向
心灵的相通,你翩然而至
我就像海中漂荡的一叶扁舟
靠岸了
飞来荡去的心
找到了归处
我甜甜地笑了

精神世界有点贫穷
思想有点空空的
茫茫大地，我能去哪里
多想
自由地，再自由地抒发情怀
多想
尽情地，再尽情地描绘诗一般的生活
多想
奔放地，再奔放地激活自己的热爱
当诗歌第一次刊登报纸的时候
我又放声大笑了

走过的路点化了我
笑总比哭好
当悟出生活的真谛时
笑声已在你我间传递

哨子声响起

当篮球场的哨子声响起
我的眼睛告诉我
一个团队的力量正在聚拢,再聚拢
篮球在队员们的手中传递着
我们的默契,我们的和谐,我们的友爱

当篮球场的哨子声响起
我的耳朵告诉我
一个团队的声音正在凝聚,再凝聚
我们奔跑的脚步声
正向着同一个目标拼搏奋进
哪怕前路有山的阻挡,有雨的拍打
哪怕在冲刺中摔倒受伤
我们的目光永远向前
我们的脚步永不停止
我们的意志永远坚定
我们的精神永远向上

当篮球场的哨子声响起
我全身的热血告诉我
一个团队的精气神正在崛起,再崛起
企业文化在慢慢地沸腾
我们的青春热血在燃烧
我们的青春年华在奔腾
我们的青春梦想正在实现

当篮球场的哨子声响起
我的感觉告诉我
您的每个眼神,每一句话,每次行动
都在一次次鼓励着我们
扬起风帆
前进,前进,再前进
鼓足干劲
努力,努力,再努力
展翅高飞
飞翔,飞翔,再飞翔

我们手拉着手,心贴着心
紧紧跟随着您的步伐
一路向阳,一路高歌
迎接新年的祝福和挑战

夹杂着噪声的春天

在这个可爱的春天里
一只喜鹊在荔枝树上
唱着丰收的歌儿
我有幸遇见了
把她当成最好的朋友
她的样子可亲,吸引着山花开放
她的心灵闪亮,明亮了整座好心之城
她的声音
喜悦着我的世界
跳跃着我的心房
欢笑着我的声音
舞动着我前进的脚步

为什么在这么美丽的春天里
偏偏夹杂着噪声呢
从低音到高音,从远至近
我惊讶、我扫兴
我觉得荒唐了这个人间

一只乌鸦无端端地飞来
站在最高的山头上
扯着嘶哑的嗓子在狂叫
打破了山的宁静
惊动了春天的和谐
震落了山上鲜艳的菜花、荔枝花、苦瓜花
感染着这个美妙的春天

天
来一场雷雨吧
让乌鸦哭一样的声音
淹没在雷雨的夜里

大美电白沙琅

星辰的夜空,
月亮悄悄地露出脸庞,
此时,
月光下的大沙琅,
一定是静谧而温馨的吧?
如今的您,今非昔比:
惊艳的容貌,
明亮的衣裳,
丰富的内涵……
笨拙的笔该如何描绘您?
一个个生动的画面潮水般涌来:
官民一心,不分昼夜,
为您种植菜果,为您编织篱笆,
为您打扫庭院,为您增添花草……
您房子四周的小花园、小果园、小菜园、小公园,
如诗如画地诞生了。
这就是献给您大沙琅——乡村振兴的"小四园"。
这也是百姓神往的花园式的家啊!

天蒙蒙亮,

公鸡在鸣叫,蝉儿在"知了",

蝴蝶成双,小鸟成对。

为您铺好硬底化的四好农村路,

神奇般地延伸至远方,

请不要问路将去何方?

我们百姓深知:

这是一条条脱贫致富之路,

一条条打通"一村一品"的销售之路,

一条条乡村全面振兴铺好的垫脚石,

一条条提升村民幸福感的通道!

这也是老百姓所盼所想的路啊!

为您穿上新衣:客家风貌的房子,

白漆漆的墙壁,

蓝宝石似的琉璃瓦顶,

小四园依傍着岭南风格的房子,

鸡鸭鹅在小院中溜达……

这番情景,

在我的眼中,

入我的梦里。

这不是客家人安居乐业的梦想家园吗?

一条百里琅江——

我们电白的母亲河,

亮如平镜,甘醇可口,

她养育了一代代勤劳致富、心灵手巧的儿女。
儿女们又该如何回报您的恩典和无私？
为您亲手制作的粉皮：声名在外，无人不晓；
使您成为中国养龟第一镇：名扬四海，殊荣不断；
为您特制沙琅豆豉：鲜香浓郁，风味独特；
为您创造了无数知名产业；
为您响应政策，发扬传统，乡村振兴；
为您……
不愧于我们母亲河沙琅江。

宜居宜业宜游的大美沙琅，
为您梳妆打扮，
为您添置嫁妆，
让您风光无限，
让您美如新娘。
当您闪亮登上乡村振兴的舞台时，
全城为您鼓掌！
为您倾情！
为您付出！
试问谁不夸俺家乡好？

您亮光闪闪，
干劲十足，
乡村振兴日新月异。
以至我执笔冥思：
想走近您，

想欣赏您,
更想细品您的
勤劳与智慧,
文化与底蕴,
风情与美貌。

三月三,你来沙琅了吗

锣鼓敲响了
喝彩声传来了
沙琅"三月三"的文化之风吹响了

花车在沙琅的大街上开放了
文化芬芳吸引了琅江的人们
老人在给孩子们讲述着您的历史故事
年轻人拿起手机记录您的每个精彩瞬间
小孩在节日里往外跑
走上大街看吧,靠近舞台看吧,登上城楼看吧
人山人海里
千千万万双热烈的目光
渴望着、盼望着一睹您的绝代风华

人们载歌载舞,好戏连连
若你来了,美食来招待你
若你来了,沉香推介会欢迎你
若你来了,我们对唱山歌给你听
若你来了,明星土特产就闪亮登场了

若你来了，入选全省"百千万工程"的沙琅镇在等你
若你来了，勤劳热情、奋发向上的沙琅人民在迎接你

十里八乡的乡亲来了
投资置业的商人来了
建言献策的乡贤来了
穿着红马甲的党员志愿者来了
致力打造沙琅精美城镇的人民来了
建设独具魅力的滨江小城的干部来了

沙琅人们
用最热烈的文化大餐欢迎你
用最炽热的深情款待你
用最真挚的歌声歌颂你

来吧，沙琅的"三月三"
二龙戏珠已翩翩起舞
舞狮助兴已抖擞精神
飘色赛会已普天同庆
一座分外耀眼的琅江之镇
已唱响了时代最强的声音

笑声里的信宜之旅

信宜的李花谷
我们迷恋她清秀的面孔
把她的朝阳留下,把她的落日挽留
倾慕她富有朝气的生命绿
刻画她花丛里繁星点点的夜灯
倾听她真真切切的"山水之歌":蛙声
从此山山水水融合了
我们的笑声、我们的惊叹、我们的留恋

信宜的双合滨河果园
我们是热恋她的少男少女
我们欢笑,我们痴迷
嘴里说着,心里想着
都是朝思暮想的李子林啊
您说我们要带手信回家
哪怕是很小很小的礼品
亲人也会很开心很开心
我们手里提着的哪里是特产
分明是带一份最真挚的爱
回家啊

信宜窦州的牙雕艺术馆
我们惊讶朱忠盛艺术家的惊世之作：牙雕艺术品展
他为我们打开了一扇艺术之门
我们屏住呼吸
全神贯注地听讲
在艺术的海洋里畅游
在杰作的氛围里赞叹
在文化的熏陶里成长

信宜窦州的美食
竹筒饭粒粒飘香，李子酒酸酸甜甜，红米黑米营养满满
我们在美味里品尝出来
从艺术底蕴里熏陶出来
从山清水秀中学习出来
已刻入我们的骨髓
如何抹掉，如何忘了

一幅乡村振兴的农文旅篇
我们在笑声里说声谢谢

您说如何在桥上修建房子
我们胸怀一颗颗好奇之心
乐此不疲地追随着您的指引
又打开了一页新的篇章

春风吹开了荔枝花

春风吹开了
漫山遍野的荔枝花
我希望
春风把我吹到荔枝山头
然后
站在黄色的荔枝花之上
与七彩的瓢虫一起
与嗡嗡的蜜蜂一起
得意扬扬地说：
看，我们有多美

春天吹开了荔枝花
你摇曳在山头
像空中的花仙子一样飘逸
你的每一次舞动
花香都会飘满电白
迷倒万千仰慕者
留恋在你的花海里
笑里有花

影子里有花
电白人的心里都乐开了花

春天吹开了荔枝花
一束束，一丛丛，一堆堆
电白人一向爱春风，更爱荔枝花
把你打造成"产业牌、市场牌、科技牌、文化牌"
把你培育成大众喜爱的营养佳果
把你推向国际舞台尽显风采

春风吹开了荔枝花
待到五月时
三十多个荔枝品种争相结果
结满枝头，缀满山腰
为炎炎的夏日
描绘了一幅乡村振兴彩妆图
增添了万家灯火甜蜜蜜的生活
热闹得蝉儿都飞到树顶上唱歌

春风吹开了荔枝花
灿若朝霞
在电白大地上抹上了
浓重的靓丽之笔
在电白人的脸上闪耀着
明晃晃的希望之光

追梦人

一个遥远的影子
一个模糊的构思
一个少年不经事的梦想
尘封心底,落在尘埃
岁月的流逝,丢弃于角落

遗忘角落的梦想
风雨飘摇了许多年后
迈进了一个崭新的时代
你说该放飞了
我们从从容容
走向追梦的时代

追梦人的梦境很美
奔向的朝阳
照亮了天空,也照亮了我们的梦
依托着时代的背景
梦儿起飞了
自由得跟风儿一样轻盈

梦见

美丽乡村,在大地徐徐地铺开

勤劳的人们,种下了希望的种子

特色产业,走出了家门

百姓的生活,甜如甘蔗

又清又纯的河流,映照着一张张幸福的笑脸

追梦人沉醉于梦境

追着晚霞,飞奔于梦想

挽着霞光,迷恋沿途的风光

伴着彩霞,踏上时代的快车

让梦儿越来越圆,越来越亮